주옥같은 명문장 캘리그라피

하늘과 바람과 별과 시

윤동주

유고 시집

주옥같은 명문장 캘리그라피
하늘과 바람과 별과 시 - 윤동주 유고 시집

발 행 | 2020년 03월 05일
저 자 | 윤동주
펴낸이 | 한건희
펴낸곳 | 주식회사 부크크
출판사등록 | 2014.07.15.(제2014-16호)
주 소 | 서울 금천구 가산디지털1로 119 SK트윈테크타워 A동 305-7호
전 화 | 1670-8316
이메일 | info@bookk.co.kr

ISBN | 979-11-272-9143-3

www.bookk.co.kr

《윤동주》 시인 집필 당시 시대적 배경과 문법의 시적 형식을 바꾸지 않고 적용했으며 띄어
쓰기와 현시대에 맞게 수정하였습니다.

주옥같은 명문장 캘리그라피

하늘과 바람과 별과 시

윤동주
유고 시집

윤동주 지음

목차

머리말

윤동주
尹東柱 (1917-1945) 시인.

어릴 때의 이름은 '해환'이 며 북간도 용정 출생(龍井) 으로 평양 숭실중학을 거쳐 1941년 연희전문을 졸업하 였다.

일본 도시샤(同志社) 대학 영문과에 재학 중 에 1943년 친구인 송몽규와 함께 귀국하다가 독립운동 활동 혐의로 붙잡혀서 2년형을 선고 받고 일본 후쿠오카 형무소에서 별세했다.

유고 시집 《하늘과 바람과 별과 시(詩)》시집 을 광복 후 친구들에 의해 첫 발간되었다.

《서시》《자화상》《별 헤는 밤》《무서운 시간》 등 민족의 슬픔과 고난을 지성적이고 상징적인 저항 시로도 높이 평가 받고 있다.

1948년 윤동주 시인의 31편과 '정지용' 서문으로 이루어진 유고시집을 《정음사》에서 《하늘과 바람과 별과 시》를 간행되었다.

이후 1962년 3월 건국공로훈장 서훈이 신청되었으나 유족들이 사양하였다가 1990년 8월 15일 다시 건국공로훈장 독립장이 추서되었다.

그의 시(詩) 정신을 계승하기 위한 《윤동주 문학상》이 제정되었다.

《윤동주》 시인의 원작 그대로 토속어(사투리) 및 그 시대의 국문법을 담았으며 오탈자와 띄어쓰기만을 반영하였습니다.

하늘과 바람과 별과 詩

서시

죽는 날까지 하늘을 우러러

한 점 부끄럼이 없기를,

잎새에 이는 바람에도

나는 괴로워했다.

별을 노래하는 마음으로

모든 죽어가는 것을 사랑해야지

그리고 나한테 주어진 길을

걸어가야겠다.

오늘밤에도 별이 바람에 스치운다.

손글씨 써보기

죽는날까지 하늘을 우러러
한점 부끄럼이 없기를

죽는날까지 하늘을 우러러
한점 부끄럼이 없기를

별을 노래하는 마음으로
모든 죽어가는 것을
사랑해야지

별을 노래하는 마음으로
모든 죽어가는 것을
사랑해야지

오늘 밤에도
별이 바람에 스치운다

오늘 밤에도
별이 바람에 스치운다

생각 정리 .... MEMO

생각 정리 .... MEMO

별 헤는 밤

계절이 지나가는 하늘에는
가을로 가득 차 있습니다.

나는 아무 걱정도 없이
가을 속의 별들을 다 헤일 듯합니다.

가슴 속에 하나 둘 새겨지는 별을
이제 다 못 헤는 것은
쉬이 아침이 오는 까닭이요,
내일 밤이 남은 까닭이요,
내일 밤이 남은 까닭이요,
까닭입니다.

별 하나에 추억과

별 하나에 사랑과

별 하나에 쓸쓸함과

별 하나에 동경(憧憬)과

별 하나에 시와

별 하나에 어머니, 어머니

어머님, 나는 별 하나에 아름다운 말 한 마디씩 불러 봅니다. 소학교 때 책상을 같이했던 아이들의 이름과, 패(佩), 경(鏡), 옥(玉) 이런 이국 소녀들의 이름과, 벌써 아기 어머니 된 계집애들의 이름과, 가난한 이웃 사람들의 이름과, 비둘기, 강아지, 토끼, 노새, 노루,

손글씨 써보기

'프랑시스 잠', '라이너 마리아 릴케',
이런 시인의 이름을 불러 봅니다.

이네들은 너무나 멀리 있습니다.
별이 아스라이 멀 듯이,

어머님,
그리고 당신은 멀리 북간도에
계십니다.

나는 무엇인지 그리워
이 많은 별빛이 내린 언덕 위에
내 이름자를 써 보고,
흙으로 덮어 버리었습니다.

손글씨 써보기

딴은, 밤을 새워 우는 벌레는
부끄러운 이름을 슬퍼하는
까닭입니다.

그러나 겨울이 지나고 나의 별에도
봄이 오면
무덤 위에 파란 잔디가 피어나듯이
내 이름자 묻힌 언덕 위에도
자랑처럼 풀이 무성할 게외다.

손글씨 써보기

별 하나에 추억과
별 하나에 사랑과

별 하나에 추억과 별 하나에 사랑과

계절이 지나가는
하늘에는 가을로
가득 차 있습니다

계절이 지나가는
하늘에는 가을로
가득 차 있습니다

아직 나의 청춘이 다 하지 않는 까닭입니다

아직 나의 청춘이
다 하지 않는 까닭입니다

겨울이 지나고
나의 별에
봄이 오면

겨울이 지나고
나의 별에

봄이 오면

생각 정리 .... MEMO

생각 정리 .... MEMO

쉽게 쓰여진 시(詩)

으스름히 안개가 흐른다. 거리가 흘러 간다. 저 전차(電車), 자동차(自動車), 모든 바퀴가 어디로 흘러가는 것일까? 정박(定泊)할 아무 포구(港口)도 없이, 가련한 많은 사람들을 실고서, 안개 속에 잠긴 거리는,

거리 모퉁이 붉은 포스트상자를 붙잡고 섰을 라면 모든 것이 흐르는 속에 어렴풋이 빛나는 가로등(街路燈), 꺼지지 않는 것은 무슨 상징(象徵)일까?

손글씨 써보기

사랑하는 동무 박(朴)이여! 그리고 김 (金)이여! 자네들은 지금 어디 있는가? 끝없이 안개가 흐르는데,

「새로운 날 아침 우리 다시 정(情)답 게 손목을 잡어 보세」몇 자 적어 포스 트 속에 떨어트리고, 밤을 새워 기다리 면 금휘장(金徽章)에 금(金)단추를 삐었 고 거인(巨人)처럼 찬란히 나타나는 배 달부(配達夫), 아침과 함께 즐거운 내림 (來臨),

　이 밤을 하염없이 안개가 흐른다.

손글씨 써보기

인생은 살기 어렵다는데
시가 이렇게 쉽게 씌여지는 것은
부끄러운 일이다―

인생은 살기 어렵다는데
시가 이렇게 쉽게 씌여지는 것은
부끄런 일이다—

생각 정리 .... MEMO

생각 정리 .... MEMO

길

잃어버렸습니다.
무얼 어디다 잃었는지 몰라
두 손의 호주머니를 더듬어
길에 나갑니다.

돌과 돌과 돌이 끝없이 연달아
길은 돌담을 끼고 갑니다.

담은 쇠문을 굳게 닫아
길 위에 긴 그림자를 드리우고

손글씨 써보기

길은 아침에서 저녁으로
저녁에서 아침으로 통했습니다.

돌담을 더듬어 눈물짓다
쳐다보면 하늘은 부끄럽게 푸릅니다.

풀 한 포기 없는 이 길을 걷는 것은
담 저 쪽에 내가 남아 있는 까닭이고

내가 사는 것은 다만
잃은 것을 찾는 까닭입니다

손글씨 써보기

내가 사는 것은
다만 읂는 것을 찾는
까닭입니다

내가 사는 것은
다만 잃은 것을 찾는
까닭입니다

생각 정리 .... MEMO

생각 정리 .... MEMO

달같이

연륜(年輪)이 자라듯이

달이 자라는 고요한 밤에

달같이 외로운 사랑이

가슴하나 뻐근히

연륜(年輪)처럼 피어 나간다.

손글씨 써보기

달이 자라는 고요한 밤에
달같이 외로운
사랑이 피어난다

달이 자라는 고요한 밤에
달같이 외로운
사랑이 피어난다

생각 정리 .... MEMO

생각 정리 .... MEMO

가슴

불 꺼진 화(火)독을
안고 도는 겨울밤은 깊었다.

재(灰)만 남은 가슴이
문풍지 소리에 떤다.

손글씨 써보기

재만 남은 가슴이 문풍지 소리에 떤다

재만 남은 가슴이 문풍지 소리에 떤다

생각 정리 .... MEMO

생각 정리 .... MEMO

봄

봄이 혈관(血管)속에 시내처럼 흘러
돌, 돌, 시내 가차운 언덕에
개나리, 진달래, 노오란 배추꽃

삼동(三冬)을 참어 온 나는
풀포기처럼 피어난다.

즐거운 종달새야
어느 이랑에서 즐거웁게 솟쳐라.

푸르른 하늘은
아른아른 높기도 한데……

손글씨 써보기

봄이 현관 속에
시내처럼 흘러

봄이 현관 속에
시내처럼 흘러

생각 정리 .... MEMO

생각 정리 .... MEMO

반딧불

가자 가자 가자
숲으로 가자
달조각을 주으러
숲으로 가자.

―그믐밤 반딧불은
―부서진 달 조각,

가자 가자 가자
숲으로 가자
달 조각을 주으려
숲으로 가자.

손글씨 써보기

그믐밤 반딧불은 부서진 달조각

그믐밤 반딧불은 부서진 달조각

달조각을 주으러 숲으로 가자

달조각을 주으러 숲으로 가자

눈

눈이
새하얗게 와서
눈이
새물새물하오.

지난밤에
눈이 소오복이 왔네.

지붕이랑

길이랑 밭이랑

추워한다고

덮어주는 이불인가봐

그러기에

추운 겨울에만 나리지

손글씨 써보기

길이랑 밭이랑 추워한다고
덮어주는 이불인가봐

길이랑 밭이랑 축여한다고
덮어주는 이불인가봐—

생각 정리 .... MEMO

흐르는 거리

창(窓)밖에 밤비가 속살거려
육첩방(六疊房)은 남의 나라,

시인(詩人)이란 슬픈 천명(天命)인줄
알면서도
한줄 시(詩)를 적어 볼가,

땀내와 사랑내 포근히 품긴
보내주신 학비봉투(學費封套)를 받어

손글씨 써보기

대학(大學)노―트를 끼고
늙은 교수(敎授)의 강의(講義) 들으려
간다.

생각해 보면 어릴 때 동무를
하나, 둘, 죄다 잃어버리고

나는 무얼 바라
나는 다만, 홀로 침전(沈澱)하는 것일까?

인생(人生)은 살기 어렵다는데
시(詩)가 이렇게 쉽게 쓰여 지는 것은
부끄러운 일이다.

손글씨 써보기

육첩방(六疊房)은 남의 나라
창(窓)밖에 밤비가 속살거리는데,

등불을 밝혀 어둠을 조금 내몰고,
시대(時代)처럼 올 아침을 기다리는
최후(最後)의 나,

나는 나에게 적은 손을 내밀어
눈물과 위안(慰安)으로 잡는 최초
(最初)의 악수(握手).

손글씨 써보기

가만히 눈을 감으면
마음 속으로 흐르는
소리

가만히 눈을 감으면
마음 속으로 흐르는
소리

생각 정리 .... MEMO

생각 정리 .... MEMO

그립다고 써보니

그립다고 써보니
차라리 말을 말자
그저 긴 세월이 지났노라고만 쓰자

긴긴 사연을 줄줄이 이어
진정 못 잊는다는 말을 말고
어쩌다 생각이 났노라고만 쓰자

잠 못 이루는 밤이면
울었다는 말을 말고
가다가 그리울 때도
잊었노라고만 쓰자

손글씨 써보기

그립다고 써보니
차라리 말을 말자

그립다고 써보니 차라리 맞을 말지—

생각 정리 .... MEMO

생각 정리 .... MEMO

공상(空想)

공상(空想) ―

내 마음의 탑(塔)

나는 말없이 이 탑(塔)을 쌓고 있다,

명예와 허영의 천공(天空)에다,

무너질 줄도 모르고,

한층 두층 높이 쌓는다,

손글씨 써보기

무한(無限)한 나의 공상(空想) —

그것은 내마음의바다,

나는 두 팔을 펼쳐서,

나의 바다에서

자유로이 헤엄친다,

황금(黃金), 지욕(知慾)의 수평선을

향하여.

손글씨 써보기

나는 두 팔을 펼쳐서
나의 바다에서
자유롭이 헤엄친다

나는 두 팔을 펼쳐서
나의 바다에서
자유로이 헤엄친다ー

생각 정리 .... MEMO

생각 정리 .... MEMO

내일은 없다

(어린마음의 물은 ㅡ)

내일 내일 하기에
물었더니.
밤을 자고 동틀 때
내일이라고.

손글씨 써보기

새날을 찾는 나는
잠을 자고 돌보니.
그때는 내일이아니라.
오늘이더라,

무리여! (동무여!)
내일은 없나니
…………

손글씨 써보기

잠을 자고 돌보니
그때는 내일이 아니라
♡늘이더라

잠을 자고 일어나니
그때는 내일이 아니라

오늘이더라

생각 정리 .... MEMO

생각 정리 .... MEMO

자화상(自畵像)

산모퉁이를 돌아 논가 외딴 우물을
홀로 찾아가선
가만히 들여다봅니다.

우물 속에는 달이 밝고 구름이 흐르고
하늘이
펼치고 파아란 바람이 불고 가을이
있습니다.

그리고 한 사나이가 있습니다.
어쩐지 그 사나이가 미워져
돌아갑니다.

손글씨 써보기

돌아가다 생각하니 그 사나이가
가엾어집니다.
도로 가 들여다보니 사나이는 그대로
있습니다.

다시 그 사나이가 미워져 돌아갑니다.
돌아가다 생각하니 그 사나이가
그리워집니다.

우물 속에는 달이 밝고 구름이 흐르고
하늘이
펼치고 파아란 바람이 불고 가을이
있고
추억처럼 사나이가 있습니다.

손글씨 써보기

우물 속에는 추억처럼 사나이가 있습니다

우물 속에는 추억처럼 사나이가 있습니다

생각 정리 .... MEMO

생각 정리 .... MEMO

햇비

아씨처럼 나린다

보슬보슬 햇비

맞아주자 다 같이

　　　—옥수숫대처럼 크게

　　　—닷자엿자 자라게

　　　—해님이 웃는다

　　　—나보고 웃는다.

손글씨 써보기

하늘다리 놓였다

알롱알롱 무지개

노래하자 즐겁게

　　　—동무들아 이리 오나

　　　—다 같이 춤을 추자

　　　—해님이 웃는다

　　　—즐거워 웃는다.

형님이 웃는다
나보고 웃는다

생각 정리 .... MEMO

생각 정리 .... MEMO

바람이 불어

바람이 어디로부터 불어 와
어디로 불려 가는 것일까

바람이 부는데
내 괴로움에는 이유가 없다.

내 괴로움에는 이유가 없을까

단 한 여자를 사랑한 일도 없다.
시대를 슬퍼한 일도 없다.

손글씨 써보기

바람이 자꾸 부는데
내 발이 반석 우에 섰다.

강물이 자꾸 흐르는데
내 발이 언덕 우에 섰다.

손글씨 써보기

바람이 부는데
내 괴로움에는 이유가 없다

바람이 부는데 내 괴로움에는 이유가 없다

생각 정리 .... MEMO

생각 정리 .... MEMO

사랑스런 추억

봄이 오든 아침,
서울 어느 쪼그만 정거장(停車場)에서
희망(希望)과 사랑처럼 汽車를 기다려,

나는 플랫폼에 간신한 그림자를
떨어트리고,
담배를 피웠다.

내 그림자는 담배연기 그림자를
날리고

손글씨 써보기

비둘기 한 떼가 부끄러울 것도 없이
나래 속을 속, 속, 햇빛에 비춰,
날았다.

기차(汽車)는 아무 새로운 소식도 없이
나를 멀리 실어다 주어,

봄은 다 가고―
동경교외(東京郊外) 어느 조용한
하숙방(下宿房)에서,
옛 거리에 남은 나를 희망(希望)과
사랑처럼 그리워한다.
오늘도 기차(汽車)는 몇 번이나 무의미
(無意味)하게 지나가고,

손글씨 써보기

오늘도 나는 누구를 기다려 정거장
(停車場) 가까운 언덕에서
서성거릴게다.

―아아 젊음은 오래 거기 남아
있거라.

손글씨 써보기

젊음은
오래
거기 남아있거라

젊음은 오래
거기 남아있거라

생각 정리 .... MEMO

생각 정리 .... MEMO

소년(少年)

여기저기서 단풍잎 같은 슬픈 가을이
뚝뚝 떨어진다.

단풍잎 떨어져 나온 자리마다 봄을
마련해 놓고 나뭇가지 우에 하늘이
펼쳐 있다.

가만히 하늘을 들여다보려면 눈썹에
파란 물감이 든다.
두 손으로 따뜻한 볼을 쓸어보면
손바닥에도 파란 물감이 묻어난다.

손글씨 써보기

다시 손바닥을 들여다본다.

손금에는 맑은 강물이 흐르고, 맑은
강물이 흐르고, 강물 속에는 사랑처럼
슬픈 얼굴―아름다운 순이(順伊)의
얼굴이 어린다.

소년은 황홀히 눈을 감아 본다.

그래도 맑은 강물은 흘러 사랑처럼
슬픈 얼굴―아름다운 순이(順伊)의
얼굴은 어린다.

손글씨 써보기

여기저기서 단풍잎 같은
슬픈 가을이 뚝뚝 떨어진다

여기저기서 단풍잎 같은
슬픈 가을이 뚝뚝 떨어진다

생각 정리 .... MEMO

생각 정리 .... MEMO

새로운 길

내를 건너서 숲으로
고개를 넘어서 마을로

어제도 가고 오늘도 갈
나의 길 새로운 길

민들레가 피고 까치가 날고
아가씨가 지나고 바람이 일고

나의 길은 언제나 새로운 길
오늘도...... 내일도 ......

내를 건너서 숲으로
고개를 넘어서 마을로

손글씨 써보기

나의 길은 언제나

새로운 길

오늘도 내일도

나의 길은 언제나

새로운 길

♡오늘도 내일도

생각 정리 .... MEMO

생각 정리 .... MEMO

내 인생에 가을이 오면

내 인생에 가을이 오면
나는 나에게
물어볼 이야기들이 있습니다.

내 인생에 가을이 오면
나는 나에게
사람들을 사랑했느냐고 물을 것입니다.

그때 가벼운 마음으로 말할 수 있도록
나는 지금 많은 사람들을
사랑하겠습니다.

손글씨 써보기

내 인생에 가을이 오면
나는 나에게
열심히 살았느냐고 물을 것입니다.

그때 자신 있게 말할 수 있도록
나는 지금 맞이하고 있는 하루하루를
최선을 다하며 살겠습니다.

내 인생에 가을이 오면
나는 나에게
사람들에게 상처를 준 일이 없었냐고
물을 것입니다.

그 때 자신 있게 말할 수 있도록
사람들을 상처 주는 말과
행동을 하지 말아야 하겠습니다.

손글씨 써보기

내 인생에 가을이 오면
나는 나에게
삶이 아름다웠느냐고 물을 것입니다.

그때 기쁘게 대답할 수 있도록
내 삶의 날들을 기쁨으로 아름답게
가꾸어 가야겠습니다.

내 인생에 가을이 오면
나는 나에게
어떤 열매를 얼마만큼 맺었느냐고
물을 것입니다.

손글씨 써보기

그때 자랑스럽게 말할 수 있도록
내 마음 밭에 좋은 생각의 씨를
뿌려 놓아

좋은 말과 좋은 행동의 열매를
부지런히 키워야 하겠습니다.

손글씨 써보기

내 마음 밭에
좋은 생각의 씨를 뿌려

내 마음 밭에
좋은 생각의 씨를 뿌려

생각 정리 .... MEMO

생각 정리 .... MEMO

눈감고 간다

태양을 사모하는 아이들아
별을 사랑하는 아이들아

밤이 어두웠는데
눈감고 가거라.

가진 바 씨앗을
뿌리면서 가거라.

발부리에 돌이 체이거든
감았던 눈을 와짝 떠라.

손글씨 써보기

가진바
씨앗을 뿌리면서
가거라

가진바
씨앗을 뿌리면서
가거라

생각 정리 .... MEMO

생각 정리 .... MEMO